살구나무 밥상

찔구나무 밥상

다인숲시선 04 / 김동신 시집

다인숲

여울물 소리

하얀 꽃잎 불러 넘기면

향기에 취한 듯 비틀거리는 생각

그대 이름은

나잇살이나 먹은 시

수련 꽃 옴천에서

토하와 함께

쓰고 굴리고 지우고

끝내 지워지지 않은 것들

등짐처럼 묶어서

백지 위에 부려놓는다

비틀거릴 때마다

내 손 잡아준 아내 황정숙과 가족들,

영랑시인학교 유헌 시인님께

고마운 마음 전합니다

2024년 여름

청자골 토하장에서 김동신

/ 차례 /

제2부_ 늙은 목선

제3부_ 내가 적막강산을 지은 까닭은

제4부_ 다랑논을 갈며

제5부_ 토하장의 겨울 아침

제 1 부 / 관장님은 제비처럼

토하 밥상

내 고향 옴천이 키운

청자골 토하는

내 시詩의
원천이었다

나의
놀이터였다

나의
밥상이었다

수련꽃 옴천

아시나요, 바람이 붉어지면
수련 사이사이에서 토하들이
덩달아 얼굴 붉히는 곳

늙은 토하가 수면에 물소리를 쓰면
백로는 펜촉 같은 부리로 수정하고
어린 토하는 서표를 꽂지요

그려보셨나요, 수인산이
시냇물에 묵화를 그리는 곳
길이 끝나는 곳에 걸린 맑은 계곡물
물은 차지만 그대 방황하는 가슴을
어루만져 줄 거예요

생각해 보셨나요, 수련 아래서
흰구름과 토하가 말문을 트는 곳
그대 말문도 어느새 트여
토하젓 한 짐 지고 구중궁궐 찾아갈 때

14

구름에게 길을 물어 기알재 올라서면
하늘이 이제 살았다고 뻐꾸기 소리를 뜯는 곳
수련이 하늘을 빚고 하늘이 수련을 빚는 곳

유랑하는 삶,
흰 꽃잎으로 담근
술 한 잔으로 숨을 고르고
맑은 냇물에 눈물 씻는
수련꽃 옴천

물꼬

수인산 아래 병영 들녘

늙은 아낙네 틈에 낀 새댁이
발목까지 빠져도 읽어내지 못한
경전 같은 수렁논

못줄 당기는 사람들
목청 우렁차다

가랑비
못밥 나르는 여인의 등을 적시고
개구리는
그 여인 발부리에서 치마끈을 잡고 운다

논물 대신 차오른 눈물

마른 논에 물을 대고 있는

내 생은

아직 물꼬를 트고 있는 중이다

종소리

깊은 산속
옹달샘처럼 맑은 저 소리

햇살 고운 날에도 비바람 부는 날에도
내 마음속으로 촉촉이 스며드는 저 소리

소리는 파동이 되고
파동은 파도처럼 가슴을 치고
소리가 흘러나온 저 하늘
첨탑 아래 예배당을 찾아가
간절히 기도한다
간절한 일상을

하멜 동상

저 손끝이

가리키고 있는 곳 어디일까

오늘도 그리움은 먼발치에서 헤매는데

저 손가락 끝에서 풍차가 돌고

저 손가락 끝에서

붉은 튤립이 피어나네

토하

지친 몸
수초에 기대고 있네

굽혔다 펴는
허리 지탱해 주는 물결

이마에 돋아난 톱날 당기면
물결에서 흘러나오는 두메산골 노인장 살냄새

무거워라
갈대에 감기는 물살

샛강 서성이며 노려보는
저 왜가리같이

지친 몸
수초에 기대고 있네

아내와 토하

아내가 토하젓을 담근다

붉은 몸뚱아리

토하는 봄날이 그리워

목단 꽃빛으로 온몸을 지폈나 보다

오른손에 소금 한 줌 쥔 아내
얼굴을 보니 꽃잎은 온데간데없고
골짜기로 짜디짠 노을이 지고 있다

동백나무 관절

강진 백련사 숲길에서
암소의 무릎 같은
동백나무 관절을 보았네

핏빛보다 진한 꽃 피우려고
겨우내 노심초사 되새김질하다
저리 마디마디 뒤틀렸을까
소같이 일하다 부어 오른
소처럼 밤낮으로 일하다 불거진
우리 어머니 무릎 같네

저 관절 통증!
붉은 꽃잎 땅에서 다시 피고
새봄이 찾아오면 사라질까

가출한 달팽이

달팽이 한 마리 길을 찾아간다

평생 지고 다니는 짐

부려놓지 못하고

배춧잎에 매달린 달팽이

오체투지로

초록 세상을

밀고 간다

영랑생가의 봄

몽실몽실 모란은
아직 5월을 기다리는데
성급한 동백나무 붉은 눈물
돌우물에 쏟았을까
동백을 안고 울던 동박새
샘물을 먹고 금세 눈빛이
붉게 물들었네

가우도駕牛島

우두봉이 참았다
큰 실례를 하면
강진만의 바닷물도
그만큼 불어날까?
출렁 출렁 가우도의
함께해 길을 걷는다
멍에를 짊어진 섬
내 어깨에도 멍에가 올려졌으니
늘그막에 멍에 벗으려
이 길 걸으면
거머리처럼 떨어지지 않는 멍에
떨칠 수 있을까
길고 긴 소 울음소리를 끌며
나도 따라 울음 우며
가우도를 걷는다

사의재에서

사의재에 들러
사발에 가득 담긴 막걸리를 들이키고 한 곡조 뽑아볼까
뽑다 보면 보은산 우공도 덩실덩실 춤을 출까

하기야, 귀 아프도록 뽑아봤자
세상과 등을 진 사람에겐 우이독경 아니런가

사의재에 들러
다산 선생의 문장을 베껴 읽고
동문 큰샘물로 빚은 탁주로 목축이면
막힌 귀가 뚫릴까, 소리가 들려올까

주모의 저녁 짓는 부뚜막에서
막걸리 홀로 발효하는 사의재
귀는 뚫리지 않고 우공의 울림소리만
빈 막걸리 사발을 채우네

엄매의 등

비탈 밭을 일구시던 울 엄매
내가 주린 배를 움켜쥐고
헐레벌떡 학교에서 돌아오면
고구마 순에 꽁보리밥을
쓱쓱 비벼주셨다
선머슴의 허기를 달래고
깨복쟁이 시절을 잘도 건너온
국민학생 아들의 손을 잡고
뒷동산을 오르시던 울 엄매
엄매와 함께 풀밭에 누어
흰구름을 쫓다보면
구부러진 울 엄매
비탈 등에서
가난한 눈물이
흘러내린다

까막섬의 노래

출항,
첫새벽 파도 가르며 까막섬을 지나

갈매기,
끼룩끼룩 나는 항구를 먼발치에 남겨두고

먼바다,
물길을 가로막고 울부짖는 소용돌이를 넘어

석양,
숭어 떼 뛰놀다 물 비듬 쏟아내는 해거름쯤에

귀항,
서두리리 그리운 까막섬 등대 삼아 만선으로 귀항하리
깃발을 휘날리며

마량항,
길바닥 조개껍데기에 짜디짠 눈물을 쓸어 담아
정을 나눈 사람들과 쐬주를 마시리
일배일배부일배一盃一盃復一盃

금곡사에 내리는 눈꽃

하늘에서 쌀 쏟아지듯
눈꽃이 내린다

봄날 시샘하는 찬바람
산등성이 넘어간 지 여러 날인데
금곡사 오르는 길 눈꽃 내린다

계곡물 콸콸 흘러가는 쟁계암 사이사이
쌀 씻는 소리

내 마음의 놋대접에
꽃 쌀을 담아 놓고
기도하는 산사의 봄

늙은 벗나무 몸을 휘감는
금곡사 범종소리

탐진강 철새

날개 부러진 새 한 마리
탐진강변에 불시착했다
시베리아가 고향이라 했던가
어미는 우수리강 너머 빙산에 있다는데
가만히 흔들어도 기척 없는 날갯죽지
뭇 새들의 날개 치는 소리가
강가에 깔린다
석양녘의 목리 가로등 눈빛
시나브로 붉게 물이 들고
어미의 품 같은 탐진강 갈대숲에
깃을 접은 새 한 마리
아픈 어깨 들썩이며
파닥파닥 뒤척인다

관장님은 제비처럼

배는 흰 도복으로 감추고 목은 검은 깃털로 둘러메고
태권도장에서 공중제비로 날아다녔습니다

날갯짓 하던 어린 제비들에게

치기만 잘하면 남을 해코지한다고
사나운 바람이 검은 뿔 들이대고 달려들어도
몸통 막기로 금방 물리칠 수 있다며

막기 품새만 주야장천 가르치던 관장님

내 마음의 급소를 만지면 남쪽 하늘 끝에서
얼굴 옆막기 품새로 관장님이
제비처럼 날아옵니다

살구나무 밥상

아버지는 소작료 바치러 갔고
어머니는 읍내 큰댁으로 보리쌀 얻으러 갔고
누나와 나는
살구나무 아래 돌멩이에 솥단지 걸어놓고
살구 꽃잎 듬뿍 넣고 밥을 지었지
속절없이 피어버린 삐비꽃
아궁이에 넣고 불 지피면
배는 칭얼대고 눈은 매워
밥물 같은 눈물을 흘리고
눈물 바가지 넣고 뜸을 들여
사금파리에 수북이 담아
얼쩡거리는 옆집 순희도 주고
꼬리 치는 강아지도 주고
남으면 풀잎에 비벼
빈 그릇 딸랑거리는 햇볕에 내놓았지
지금도 밥상 앞에서 무릎을 꿇지
내 살구나무 밥상 앞에서

제 2 부 / 늙은 목선

우수 무렵

개구리는 눈망울도 보지 못했는데
매화꽃이 다가와 사진을 찍어달라 한다

꽃봉오리 살짝 열어젖히는 순간

신발 벗고 달려가다
겨울 뒷문에 걸려 넘어진

봄

철없다

뛴다, 튼다

뜰채를 들어 올릴 때마다
튀어 오르는 저 민물새우처럼

튀고 싶지 않은 생이 어디 있을까

팔팔 튀던 젊은 시절
눈가에 아롱거리게 하는
허공으로 튀어 오르는
저 힘 어디에서 오는 걸까

허리를 굽혀 다랑논 물꼬를
확, 트는 김노인

병영의 밤

수인산 꼭대기에서
잘 익은 포도알 같은 잔별들이
빗줄기처럼 쏟아지는 밤

칠순 넘은 남자가
시와 한판 씨름을 하네

승부는 나지 않고 힘은 부치고
별빛은 창가에서 장렬히 부서지고

오늘 이 싸움에서 이기고 나면
산성을 뒤흔든 젊은 병사의 함성 같은
푸른 내 청춘 돌아올까

동문 안 큰 샘

해는 중천에 뜨고

우두봉에 누워있던 황소
슬슬 일어나 동문 안을 굽어보는데

동문 안 큰 샘가에서

주모가 다산 선생에게
막걸리 잔 올리는지 찰랑찰랑

점심 쌀 씻는 소리 쓰윽싹 쓰윽싹
물동이에 두레박 물 쏟는 소리 푸덕푸덕

우두봉의 늙은 황소 꿈벅 꿈벅
큰 눈 안에 물기가 가득하다

금곡사 벚꽃길

보름달처럼 환히 길을 밝힌
30리 벚꽃길을 홀로 넘어가네

금곡제 지나고 까치내재 깔끄막 길
도깨비 빗자루와 밤새 씨름했네

봄밤은 깊어 가고 구름은 잠이 들고

금곡사 적멸보궁에
벚꽃이 내려앉는 소리

달팽이의 길

찻길을 위태롭게
건너가는 달팽이 한 마리
일순, 트렉터가 지나가자
더듬이 곧추세워
급브레이크!

갈 길은 먼데
말라가는 무릎으로
끈적거리는 시름을 끌고 출발
과속에 달아오른 발바닥
걸음은 여직
꾸물대는 중이다

꽃샘바람

개나리 잎새 틈에서

철 늦은 바람이 고개를 내민다

겨우내 웅크려

등이 굽은 가지들

난만한 꽃송이들 물고

계절의 길목에 걸터앉아

바람든 무처럼

서걱서걱 흔들린다

심숭생숭 흔들린다

경칩

가랑비가 내려도 천둥이 난다는 경칩

묵정밭 젖은 흙 속으로 파고드는 벼락 치는 소리에
땅강아지 놀란 듯 잠이 든 벌레들을 부르고

도랑물에 언 발 녹이는 개구리
개굴개굴 목청으로도 경칩 능히 풀겠다

애간장을 태우던 복사꽃 망울도
경칩 푸는 소리에 겨울잠을 털어내는 경칩

하멜 풍차

5월의 하늘은 저리도 푸른데
날개가 꺾인 듯 풍차가 멈춰있다

5월의 튤립은 저리도 고운데
고장 난 벽시계처럼 풍차가 멈춰있다

불지 않는 바람
돌지 않는 풍차

불어라 바람아
돌아라, 풍차여

회춘탕

쫄깃한 문어 넣고
꿈틀대는 전복 넣고
토종닭 한 마리
헛개나무 횃대에 올려
푹 끓여
그대와 나 마주 앉은
술잔에 올려놓으면

푹푹 찌는 여름밤도
한걸음에 건너뛸 수 있겠네

양파

벗겨도 벗겨도

벗겨지지 않는

속으로 깊이

더 깊이 숨은

너의 마음

맵지만 확, 끌리는

눈물 쏟도록

톡, 쏘는

그 마음

청개구리 일기예보

어제는
땡볕

오늘은
비구름

청개구리 토란 잎 위로 올라가
두 발 비비고 운다

내일은 또
는개

가랑비에 옷자락 다 젖겠다

배롱나무 집

홀로 낡은 집을 지키고 있는 구부정한 배롱나무

오래된 갈색 몸에 희끗희끗한 얼룩이 버짐처럼 피어있고
굽은 가지 허리쯤에서는 울퉁불퉁한 세월이 만져진다

이 모습 지켜보는 장독대 옆 화단의 하늘나리 한 그루
불가사리 같은 잎마다 주근깨가 점점이 피어있고

곤줄박이는 생선 뼈 같은 처마 끝에
소리 한 짐 부려 놓고 허공으로 날아간다

일순, 노인의 남루가 허공에서 펄럭인다

오리와 수련

너는 안개를
걷어내는 물의 전령사
수심을 달래는 입술
수련을 부르는 날개
네 발이 아플 때
저 수면은 불안하고
네가 노를 저을 때
저 수련은 잎 위로
산들바람 올려놓고
잠 깨우는 부채질
너의 슬픔 뒤에
숨어 있던 여름
마침내 깨어나
백지에 쓰는
수련의 흰 잠

목련, 지다

감나무에 감 열리고
사과나무에 사과 열리고
배나무에 배 열려

목련은 부러워
둥글둥글 열매 맺는
나무들이 부러워

툭툭
꽃잎만 떨구는 것이다

저녁연기를 그리워하다

저녁 무렵의 밥 짓는 연기를 보고 싶다

들녘에서 어둠을 둘러쓰고 돌아오면
가마솥에 보리쌀 가득 넣고
생솔 태우며 눈물을 훔치던 어머니

어머니 곁에 쪼그려 앉은
나도 줄줄 눈물을 흘리고
부지깽이로 재를 뒤적여도
고구마는 왜 그리 더디 익고
굴뚝은 왜 그리 검은 한숨만
푹푹 내쉬었는지

팔순이 가까워
내 마음에 군불을 땐다
부지깽이 들고
시들어 가는
내 생의 불길을 뒤적이며

야릇한 소문

보름달은 봉창을 엿보고
나는 보름달을 엿보고

화단 귀퉁이 달맞이꽃
달빛을 붙들고 실랑이하고

못 본 채 눈길을 돌렸는데

밤새 달빛이 달맞이 꽃송이 보듬고
새벽까지 뒹굴었다는 소문

늙은 목선

수만 겹 파도를 넘어온 몸에
달의 분화구 같은 따개비가 솟아 있습니다
새벽을 등에 업고 연안 바다를 줄달음치던 용골은
흰 멍이 든 채 해풍에 주절거립니다
풍어제 깃발 올리던 날은
짭짤한 소금 냄새에도 배가 불렀습니다
바람이 옷깃을 여미어
엉덩이를 밀어도
구멍 송송 뚫린 노구로
물길을 따라갈 수 없어
뻘 바닥에 누운 채
꼬막 같은 슬픔만
흘리고 있습니다

제 3 부 / 내가 적막강산을 지은 까닭은

강진만 백로

귀양살이하는 선비처럼

흰 두루마기 걸치고
펜촉 같은 부리 물에 적시고

썼다가 지웠다가
우두커니 허공을 바라보는 저 눈빛

강물은 북녘으로 백마를 몰고 가는데
부질없는 상소라도 좋아

하릴없이 강물에 펜촉 콕콕 찍어보는
유배지의 깡마른 비애

독 짓는 정노인

강진 칠량에 가면
달빛으로 옹기를 굽는 노인이 있네

소나무 언덕 아래 포구에 오두막집 짓고

유약에 달빛을 섞어
어둠을 초벌구이하는 정노인이 사네

어느새 배 불룩해진 옹기

그 안에 한숨을 팔아 빚은
보름달이 사네

예배 중인 나팔꽃

나팔꽃이 담장에 올라서서
예배당 안을 기웃거리고 있다

꽃송이들이 목사님 설교를 듣는지
담장 밑에서 귀를 쫑긋거린다

꽃송이 속에서 유리종이 울린다

예배당 안에서 찬송가 울려 퍼지자
나팔꽃 속에서 종소리가 흘러나온다

물꼬를 트다

물줄기가 산 등을 타고 내려온다

한 발 두 발 내딛는 물의 발걸음

저 몸짓으로
벼 이삭 키우고
민물새우 키우고
물고기 키우고

누대의 강
구부려 놓은 것을

시름이 물풀처럼 우거질 때
물 걸음으로 가문 다랑논 둑 걸어가며
그대, 물꼬 터 보았는가

내가 적막강산을 지은 까닭은

중노릇을 하기 위하여
물 졸졸 깊은 산골
고요를 찾으러 오지 않았다

새뱅이 영감의 허리뼈 삭혀 우려낸
흙냄새 한 그릇 얻어
내 생애 중독된 시궁창 냄새 해독하고
묵언으로 상처를 치유하기 위하여
수련 곁에 움막을 지은 것이다

그리하여 오늘은
새뱅이 영감과 수련의 흰 입술 훔쳐보며
물수제비나 맘껏 날려 봐야겠다

산나리

해마다 유월이면
병영 홍교 함께 걷던 정숙이 생각나네
참깨 냄새 풍기는 주근깨 그 얼굴로
함박웃음 흘리던 말괄량이 정숙이
뒷산에서 소쩍새 울면
숨바꼭질하던 풀숲
고개를 살며시 내밀어
술래를 찾던 정숙이
그녀는 내 가슴에
지울 수 없는 점 찍어 놓고
어느 하늘 아래서
산나리처럼 피어
살고 있나

한 여름밤의 콘서트

풀벌레들이 달빛 깔아놓고
미스트롯 경연을 한다

바람은 졸고
밤은 깊어 가는데
노랫소리는 그칠 줄 모르고

진선미는 누가 될 것인가

소쩍새를 울린 여치가 진이 될까
한눈팔다 한 박자 놓쳐버린 베짱이는 선이고
이슬로 목청까지 적시며 연습한 귀뚜라미는 미가 될거야

내일 낮 곤충 채집하러 간다고 설레던 손주 녀석은
꿈나라 깊숙이 들어갔는데

보름달이
관전평을 하며 활짝 웃는다

논게

참호 속에 숨어 있던 게들이
일제히 튀어나와 바이올린을 켜고 있다

조개들 뻘밭에 너부러지고
갯골에는 총알 고등의 피난 행렬

게 한 마리
절벽 같은 촉석루로 올라간다

저 게는?
논개, 논개라니까
몇 번을 되물어도

혀끝에서 묻어나는 의기가
행간의 역사를 읽는다

저 중 한 마리는
도요새에게 몸을 바쳐서라도
무리를 구할 것이다

해창만의 갯벌

신발 등에 걸치고 갯벌로 들어선다

세상 어지럽게 살아온 사내는
뻘밭을 함부로 밟지 말라는 듯
파도의 지문을 훔친 개펄이
무릎을 꿇어앉히고
속살을 쉬 드러내지 않는다

썰물도 파장 무렵
모습을 보이는 벌집 같은 피리 구멍
밀물에 감금당해 얼마나 답답했을까
칠게와 바닷새들 피리를 신나게 부는지
갯바람이 흘러간 노랫가락을 싣고 온다

바다를 당겼다 풀었다
저 피리 구멍에 그 달빛
몇 타래나 감겨 있을까

영랑생가에서

멧새 한 마리가
뒤란의 대나무를 휘어잡고 울고 있네

푸른 울음 장독가를 맴돌고
돌샘에 파문을 일으키네

멧새가 날아간 사랑채 뒤로
후두둑 모란이 지고

댓잎 부딪히는 소리가
햇살을 구부리네

휘어진 햇살을 모아
헝클어진 마음 다독이네

병영 설성 사또주

망루의 병사들 향수로 풀잎을 적시는데

사또는 초롱꽃 술잔을 들고 한 잔 또 한잔
거미는 현을 튕기고 나비는 덩실덩실 춤을 추고

풀어진 사또의 눈꺼풀

향수에 젖어 눈빛 붉어진 저 성문지기 병사에게도
청자골 토하를 옆에 앉히고 술 한잔 권하고 싶다

뒤 끝이 댓바람같이 깔끔한
수인산 샘물로 빚은 사또주를

개미와 민들레

벚꽃잎과 충돌한 노란 비행접시가
내 책장에 불시착했습니다

산책 나온 개미가 꽃받침 수습한 비행접시에 올라타
보란 듯이 책장을 휘젓고 다닙니다

개미처럼 부지런히 이 책 저 책 오며 가며
텅 빈 머리 활자로 채우고 싶습니다

병영 막걸리

나는 중독자다 병영 막걸리 중독자다

다른 막걸리 열 병 부럽지 않은
명품 병영 막걸리 마니아다

병영 막걸리 한 사발 들이키면
세상이 모두 내 품 안에 안긴다

오늘은 막걸리 한 병 들고 그 사람에게 가리라
가서 그간의 내 과오 모두 화끈하게 고백하리라

병영 막걸리 화끈한 그 맛처럼 화끈하게

남도 나그네

다산을 만나
백련사 풍경에 귀를 기울이고
발길 돌려
무위사 배흘림기둥에 기대어
구름을 만지다가
보은산 우두봉에 올라
소뿔을 잡고
탐진강 철새에게
갈길 묻는 나그네

동쪽에서 서쪽으로 머리 돌린
탐진강 나룻배에 오른 나그네

빈집에 들다

산에서 내려와 그 집에 들렀다

감나무 잎이 흘러가는 샘은
물 한 대접 건네 줄 표정이 아니다

산비둘기 적막이 싫어 산에서 내려왔는데
방구석에 능구렁이 같은 고요가 똬리를 틀고 있다

마당을 서성이는 나비 떼 같은 발자국

발자국에 발자국을 포개며
무당벌레에게 주인 행방을 점쳐보지만
알 수 없다는 듯 더듬이만 흔든다

낡은 풍금 갈비뼈 같은 서까래 아래 터 잡은 제비
가슴털 뽑아 놓고 남쪽으로 날아간다

대련對鍊

붉은 목털 수탉과 검은 꼬리털 수탉이
지렁이 한 마리를 놓고 싸우고 있다

목 치기와 턱 치기로 흙바람을 일으키고
팽팽한 긴장이 앞마당에 가득하다

부리에서 뿜어내는 죽기 살기의 저 공격
공복 앞에선 눈을 감을 수가 없다

어성초 같은 식성을 해결하는 방법은
오로지 본능적으로 익힌 품새뿐이다
목 치기와 날라 차기, 옆차기로

그 사이 지렁이는 통 밀기로 사라지고
배부른 벚꽃만 꽃등 켜고 환하다

발칙한 파도

빙빙 돌며 오르는 등나무처럼
파도가 하늘을 오를 수는 없겠지
물새 날갯죽지에서 뽑은 깃털이 일으킨
회오리바람이 슬쩍 밀어 올리면 모를까
수평선은 침묵이 지루했으므로
먼데 하늘을 보며 뒤꿈치를 들고
멸치 떼가 간지럼을 태워도 하품만 하며
돛단배처럼 바람을 기다리겠지

호랑거미

깊은 늪에 빠진 고추잠자리
끈끈한 밧줄에 달라붙은 날갯죽지 파닥이며
몸부림치고 있다

허공의 뼈를 부러뜨릴 수만 있다면
저 과녁을 관통했을 텐데
굶주린 호랑거미의 먹이가 된
목숨 하나

축 늘어진 날개 사이로
검은 털과 노란 줄무늬 식욕이
꿈틀대며 배를 부풀어 올린다

표적 수사에 걸린 나비처럼
호랑이에게 물어뜯긴 잠자리의 몸통

꺼져가는 눈빛에
조등처럼 켜지는 달맞이꽃

제4부 / 다랑논을 갈며

다랑논을 갈며

아직 갈아엎을 논두렁이 저리 많아
논바닥에 선 채로 울음 우는 저 어미 소

황소바람은 송아지 젖 달라는 투정인 듯
계곡을 흔들고

숨이 찬 멍에는 한숨만 짊어지고

아직
갈 논 남아
땀 흘리는
노후여

송홧가루

어릴 적 허약한 나를 위해
어머니가 쌀 팔아 사오신 원기소

숟가락에 물을 적셔 입안 가득 떠먹여 주던
내 유년의 원기소 같은 누런 송홧가루가 날리는 봄

시장 갔다 흙먼지 자욱한
신작로를 바삐 걸어오시는
어머니가 보인다

송사리

송사리 떼가 수초 아래 모여 있다

가슴으로 헤쳐 온 샛강

어린 새끼 한 마리가 돌멩이에서 미끄럼을 타다
꼬리지느러미 물살에 걸려 빙빙 돈다

어지러운 세상이다

수초가 가만히 품는다

가오리연

내 마음의 언덕
미루나무 가지에 연이 걸렸다

가지가 붙들지 않았다면
헤엄쳐 바다로 가 버렸을 가오리연

조금 때가 되면 아버지는
물길에서 허우적거리는 연을 잡아 왔다

언덕에 앉아
아버지 생각에 잠기며

수평선을 훌쩍 넘어간 내 청춘
연줄로 감아본다

민들레의 꿈

흙바람 불어도

꽃잎 한 장이면 그게 어디냐고
꼭 잡은 손 놓지 않고

길손이 지나가도

노란 향기 한 줌 들고 가셔요
눈꼬리를 붙잡고

쪼그려 낮게 낮게 살아도
언덕 너머 너머 천리를 날아가고

저수지 사건

송사리 한 마리가 개여울 수면을 친다
물풀을 헤치고 솟아오른다

날고 싶은 꿈이 있어
잠행 끝에 솟았는데

개구리도 뜨거워
자진모리장단으로 운다

저수지 바닥이 한껏 달궈져
냅다 솟아올랐다는 그 사건

늦봄은 허물을 벗고

풀숲에 뱀 허물이 걸쳐 있다

저 뱀도
봄 산의 초록 물결처럼
불어나는 허물을 어쩌지 못해
훌훌 자신의 허울을 벗었을까

뱀의 허물 속에 내 허물도 보인다
내 몸속 깊은 곳에서 밀려 나왔을
허물을 바라보며 내 허울을 벗어 던지는 봄

꽃뱀의 독니에 물린 늦봄도
허물을 벗고 저 언덕을 넘고 있다

팽나무와 개미

햇살이 소나기를 피하는 동안
팽나무가 검은 새 울음을 토해낸다

봇짐 짊어진 개미 행렬이 지나간다

상처가 곪은 나무껍질에
생사가 미로처럼 얽혀있다

팽나무와 개미 틈새
거기,
게으른 나를 용서하지 못한
그림자가 있다

삐비가 돌아왔다

한 꺼풀 한 꺼풀 벗길 때마다
유행가 같은 눈물이 흘러나왔다

얼어붙은 땅에서 이슬을 먹고 살아온 풀잎
언덕은 풀뿌리를 만지며 속내를 감췄겠지

마지막 꺼풀을 벗기자
그 안에 웅크린 속살

밤새 잠 못 이루던
내 별의 심장

호랑나비 애벌레

호랑나비 애벌레가
탱자나무 우듬지를 오르고 있다
나는 알고 있다
저 힘이 어디서 나오는가를

주름을 당길 때마다 팽팽한 살 무늬

저 살가죽 터지면
탱자나무 물관부에서 물소리가 나겠지
물에 젖어 주름에서 날개가 돋겠지

탱자나무 가시에 아슬아슬 착지해
날갯죽지 퍼덕이며 기쁨의 눈물을 흘리겠지

그 울음으로 꽃은 활짝 피겠지

꽃무릇

저 허공 그러안은

손짓이 단풍처럼 붉다

바람은 꽃대 주변에서

한참을 서성이고

한 그루 흔들리는 불꽃

타는 그리움

소금쟁이

팔려고 내놓은 소금은
어디에 감춰놓았나

물의 살점을 움켜쥐고
종일 미끄럼을 타는 저 능청

천연덕스럽다

소금쟁이 꽁무니에서 흘러나와
물비늘 위에서 반짝이는 윤슬

꽃무릇 댄서

강아지풀 컹컹 짖는 언덕배기

서성거리는 고추잠자리를 품에 안고
벌건 대낮에 정신없이 춤을 추는 꽃무릇

강아지풀 다시 컹컹, 잠자리가 후다닥

얼어버린 꽃대
불러보는 이 순정

붓꽃

개울가에 꽂아둔 붓 한 자루
누가 쓰다 말고 놓고 갔을까요

갯돌에 걸터앉아 선비가 칼 빼듯이
서툴게 꽃대를 뽑아 창공에 휘갈겨 보는데

하늘은 서쪽으로 기울어 자줏빛 물이 들고
덩달아 내 가슴도 보라로 물이 들고

황금 나팔

벌들이 입맞춤하고 있는 능소화 한 송이

가만히 움켜쥐니 핏물이 손금에 흐른다

입술 자국을 숨기고 싶은 걸까

벌침 한방 쎄게 맞고 담장 밑을 뒹군다

어디선가 축포 같은

황금빛 나팔 소리

비 내리는 강가에서

저녁은 아직 강둑에 서 있다

빈 나룻배에 빗소리를 싣고 강 건너고 싶은데
갈댓잎 서걱대는 소리가 빗소리를 지우려 드는데
침묵이 고요가 강물 속으로 잠수하는데

팔순이 가까이 오는데

나, 아직
왼발 들고 중심 잡고

강둑에 서 있다

봄바람

경첩을 여는 소리에
펑펑 목련꽃이 핀다

절정으로 치닫다
금세 바람의 꼬리를 잡고 꽃잎이 진다

별안간 마음이 순해져
그 꽃자리에 앉고 싶은데
바람이 먼저 차지하고
토종벌을 울린다

무위사無爲寺

구름은
모였다 흩어지고

바람은
풍경을 쥐고 흔들고

범종은
절간 빈 꽃대를 울리고

나는
빈 수레바퀴를 돌리고

제 5 부 / 토하장의 겨울 아침

초당에 내리는 비

초당의 대나무 비에 젖은 마디가

꽃을 버린 백일홍의 무릎처럼 아프다

갈색으로 변한 댓잎에

엽서처럼 인편처럼 긴 사연을 풀어놓은 비

그 시간을 읽는 마음이 춥다

병영산성

성가퀴를 스치는 가을바람
방향을 잡지 못하고 밀려가는
이름표 없는 새끼 새들

돌담에 떨어진 한 움큼의 깃털

망루에서 날개 접은 어미새가
목울대 세운다

어머니 보고 싶어
눈시울을 적시는 어린 병사

동백꽃에게

그대 옹이가 박힌 가지에
허리 굽은 시간이 붉은 눈빛으로 머물고

그대 머문 가지에
슬픔이 붉은 입술로 말을 걸어오고

그대 말을 걸어온 가지에
추억이 붉은 기억으로 번져가고

붉은 가슴 앓은 문장이
동박새처럼 날아오르고

느티나무에게

서리 맞은 홍시 두 개 가져왔어

무른 세월 속에
찰과상 입은 내 마음 넣고 숙성시켰어
그래야 맛이 제대로 나지

한 개는 그늘 방석 깔고 앉아
굳은 뒤꿈치 벗겨내는 까치에게 주고

또 한 개는 단풍 든 네 허리에 놓고 갈 테니
다람쥐 오거든 먹여봐

겨울이 저만치서
성큼성큼 걸어오고 있잖아

대추나무 젖꼭지 보았네

달빛 쏟아지는

가을밤을 서성이다

푸른 적삼 풀어 헤치고 있는
대추나무를 보았네

어쩔거나
저 붉은 젖꼭지

누구와 함께 볼까
머리를 굴리는데

밤새 빨았는지
도망가듯 새 한 마리
날아간다

배추흰나비

노루 꼬리 같은 묵정밭 길 걷다가

우연히 마주친 배추흰나비 두 마리

노란 배추 꽃잎에 안겨
다정한 몸짓으로 구애를 한다

암컷 마음 한껏 흔들어 놓고
훌쩍 날아가 버린 밭둑에서

꽃잎이 저 혼자 떨고 있다

빈집

서울에서 늙어가는 정 영감네 빈집
우물가 감나무 허리는 정 영감 등같이 굽어 있고
옹기는 우물을 등지고 옹기종기 모였다

제주도 하르방의 오래 전 신발일까
집주인 정 영감이 벗어둔 신발일까
토방 마루에 빛바랜 고무신 한 켤레

옹기도 옹기중기 졸고 있는 빈집

한낱

나무의 나이테를 자르는
매미의 울음소리

수심이 가까울수록
짙어가는 그늘

한낮은 땡볕으로 부풀어 오르고
숲속에선 헤어진 짝을 찾는 매미의 울음

사랑은
한낱 허물 같다고

홍교와 은행나무

800살도 더 들었을 저 은행나무

초라한 내 부모님이 부끄러워 고개 숙인 나에게
제사 떡을 쥐어주면서 너른 그늘로 날 안아주었지

한여름 무성한 은행나무 그늘은 밀회의 다방
바람만 스쳐도 내 가슴은 뛰었지

가슴은 가을까지 울렁거리고
노랑 은행잎을 배경으로 순희와 홍교를 건넜지

성동리 은행나무

사또놀이 하던 푸른 시절
은행나무 가지 베고 누워 아픈 척
순희 간호에 중독이 됐던 풋사랑

여보게,
옹이진 세월 만지니
자네와 순희의 추억이 노란 단풍 물로 흘러나오네

가을이 깊은데도 소식이 행불이라면
타관 생활 시름을 하루 몇 동이나 퍼내고 있는지

우리가 은행나무 아래 묻어두었던 동심에
올해도 이자가 수북이 붙어 돈방석이 쌓였다네

그 시절 아니 올 줄 알면서도
노란 은행잎 만지면
꽃 떠난 튤립 잎새에서 풍차 돌아가는 소리
쌀 팔아 모아둔 지폐 구겨지는 소리

그 소리에 빚 독촉장 접어두니
허리 굽은 시름이 저만치에서 펄럭이네

여보게,
아직 덜 갚은 빚 있거든
성동리 은행나무 아래로
주저 없이 달려오시게나
더 늦기 전에

까치밥

감나무가 허공에 전구를 켠 정오 무렵

감을 따려고 장대를 내리칠 때마다
지난봄 이사 갔던 까치 가족이 돌아와 아우성이다
자신들의 밥 훔쳐가지 말라며

시끌벅적한 소리에 놀라서

몸을 떠는 늙은 감나무
검은 숯 검댕처럼 울다 흩어진 새 떼

감나무가 주황색 전구를 켜 환해진 허공

밥그릇 뺏길까 봐 조마조마했던
그 시절 그날이 생각나는 가을

옴천 노인정

벌레 먹고 뒤틀어진
나무들이 늙어간다

벽에 낡은 가지를 걸치고
그 옆 나무도 가지를 포개
서로를 의지하고 있다

바람이 불면
구멍에서 새어 나오는
민물고기 비린내

액자에 박제된 매미는
냄새에 취해
이빨 빠진 소리로 투덜댄다

이마에 주름이라도 잡을 수 있다면
나무는 부러진 가지에
매미 허물이라도 한 벌 걸치고 싶겠다

독거獨居

잎새는 떠나갔고
열매도 버린 지 오래

먼데 하늘 한쪽이
저 홀로 펄럭이고

삭정이 몰고 기울어진 마음 다잡아
늦가을에 마련한 집 한 채

마지막 홍등마저 꺼져버린
서쪽 하늘가에 지은 까치집

토하장의 겨울아침

밤사이 눈이 내려 쌓였다

시루떡처럼 눈이 쌓인
토하 양식장 움막 앞마당에
낯선 짐승 발자국 다녀갔다

배가 고픈 방랑객이
밥 한술 얻으러 왔다가
내 잠든 모습을 보고
빈 손으로 돌아가버린
흔적 같기도 하다

폭설에 갇힌 뭇 생명들의
겨울 눈빛이 내 안에 갇혀 있다

동백 아래 서서

눈발에 동백꽃이
속절없이 떨어진다
적벽에 매달려 있던
새들처럼
겁 없이 수직 낙하
뛰어내린다
붉어진 눈빛
금세
눈물 뚝뚝
지겠다

구강포의 겨울 저녁

고니들 어미 부르는 소리
먹을 가는 소리 같은

포구의 폐선은 일찍 잠을 청하고

잠 못 드는 청둥오리 수면을 친다

늦도록 불을 밝히고
붉은 편지 쓰는 초당

병영성의 눈물

폭설이 안면을 몰수하고 땅을 덮어
느티나무 그림자마저
감쪽 같이 사라진 병영성 안에서
눈처럼 부신
고향의 순이 생각에 빠진 병사가
녹슨 칼에 마음을 베여
주르륵 흘리는 눈물이
성벽 이끼를 적시고
날짜 꼽은 손가락이 모자라
발자국 찍다가 그것도 모자라
참새 깃털까지 뽑고

마량항

방파제에 걸터앉아

서쪽 하늘에 천도복숭아 꺼내놓고
도망친 물고기를 기다리는 사내

무심히 섬 그늘을 접는 파도
바닷새 날개깃에 긴 편지를 쓰네

답장인 듯 답례인 듯
천도복숭아 유혹에 걸려든 물고기 떼

마량항 앞바다가
은빛 파도로 출렁이네

강진 토박이가 쓴
삶과 풍미의 향토 시학

노창수 | 시인·평론가

김동신 시인은 강진군 옴천면 출생으로 강진군의회 의원을 역임하였고, 옴천 청자골 대표를 맡고 있으며, 청강대학교 특임교수로서 후진 양성도 하고 있다. 태권도 고단자이자 태권도 30단 가족의 가장이다. 현재, 병영에서 거주하며 청자골 묵은지 사업에 농사까지 지으며 시를 쓰는, 그야말로 강진 토박이의 참 시인이다. 그는 2022년 《문학춘추》 가을호에 신인 작품상을 통해 등단하였으며, 이후 끊임없는 창작 수련으로 절차탁마하며 좋은 시로 진력盡力해 가는, 문학청년 같은 노익장 그 표본 상이다.

그가 노래하는 소재는 대체로 강진의 풍광과 특산물, 농사의 정황 등을 기미적機微的 또는 풍자적諷刺

118

的으로 다룬다. 어떤 글감이건 강진에 관한 것이라면
'묻지 마' 대응의 수준인 듯 한 수완을 지님을 보인다.
그렇듯이 강진 속속의 속내를 깊고도 능청스럽게 담
아내는 재주꾼이다. 강진 고을의 특장特長을 편 편에
다 언어적 이미지로 수놓는바, 그 전개 방식이나 기법
또한 돋보이는 게 많다. 그는 무엇보다 시의 마침 법
에서, 앞선 바를 뒤집는 그 전변기법轉變技法을 구사
하기를 즐겨한다. 그것은 시인과 한 몸을 이루어 개성
적인 객체성을 보여주기에, 읽는 이의 호응도를 높여
준다고 여긴다.

　　　저 손끝이

　　　가리키고 있는 곳 어디일까

　　　오늘도 그리움은 먼발치에서 헤매는데

　　　저 손가락 끝에서 풍차가 돌고

　　　저 손가락 끝에서

　　　붉은 튤립이 피어나네

　　　　　　　　　　　_「하멜 동상」 전문

　사실 이곳에 와보지 않은 사람은 강진 병영에 하
멜 유적지가 있다는 걸 자세히 알지 못한다. 그 스토
리란, 1653년 네덜란드 동인도회사 선원이었던 하멜
이 상선 스페르베르호를 타고 일본으로 가던 중 난파

하여 제주도 근처에 표류하게 되었다. 헨드릭 하멜은 표착漂着하면서부터 13년 동안 억류 생활을 했다. 그는 우여곡절 일본으로 탈출해 1668년 본국으로 가기까지의 여정을 자세히 기록했다. 그게 『하멜표류기』로, 강진 병영은 그 사연에 중심 지역이다. 하멜은 1656년 유배되어 7년 동안 이곳에서 노역했다. 그가 쓴 『하멜표류기』로 하여금 당시 존재가 희미한 동방의 작은 조선이란 나라, 그리고 오지인 강진 병영이 세계 최초 알려지게 된다. 이국땅에서 그는 조선의 생활상, 특히 병영 인들의 삶을 상세히 기록하여 전했다. 이 시는 그걸 상상하면서 옮긴바, 먼 옛날 구름만 봐도 고국을 떠올리고 눈물지었을 일이란 따뜻한 생각에서 시를 빚어낸 것이다. 지금 병영성에 있는 그 동상은 고국을 향한 그리움을 헤아리듯 손가락으로 그쪽을 가리키고 있다. 시인은 "손가락 끝에서" 고향의 "풍차가 돌고", 무더기로 피어나는 "붉은 튤립"을 소환해 내고 있다. 하멜이 절망적 상황에도 희망을 놓치지 않은 모습을 상상하게 하는 시편이지만, 또한 병영을 알리고자 하는 목적도 의중에 두었겠으나 숨겼다. 그래서 좋은 시가 되었다.

강진 백련사 숲길에서
암소의 무릎 같은

동백나무 관절을 보았네

핏빛보다 진한 꽃 피우려고
겨우내 노심초사 되새김질하다
저리 마디마디 뒤틀렸을까
소같이 일하다 부어오른
소처럼 밤낮으로 일하다 불거진
우리 어머니 무릎 같네

저 관절 통증!
붉은 꽃잎 땅에서 다시 피고
새봄이 찾아오면 사라질까

_「동백나무 관절」 전문

　동백의 마디는 소 무릎처럼 뭉툭 불거져 있다. 그 굵어진 동백 마디로부터 소처럼 일만 하다 꺾인 어머니를 연상해 낸다. 어머니 관절 통증이 새봄엔 혹여 사라질까 희망도 해본다. 하지만 기약은 없을 듯하다. 통증을 참으며 "핏빛보다 진한 꽃"을 피우는 동백이 참 안쓰럽게도 보인다. 동백은 "겨우내 노심초사"하며 새롭게 피어날 날을 위해 "되새김질"을 하고 있다. 그래서 "마디마디"가 저렇듯 "뒤틀렸"을지도 모른다. 시는, 동백나무처럼 풍파를 견디며 굵어진 마디로부

터, 어머니의 골병든 무릎을 이끌어내고, 동백의 아픔을 빌려 어머니의 노약을 함께 말하고자 한다. 즉 아름드리 동백 숲에 들어서 속절없이 옛 어머니를 불러보는 것이다. 이 시는 동백나무와 어머니를 알레고리화하여, '마디'와 '무릎', 즉 '고통'과 '골병'을 치환해 낸 단계를 설정하고 있다. 해서, 더 읽히는 효과도 얻는다.

하늘에서 쌀 쏟아지듯
눈꽃이 내린다

봄날 시샘하는 찬바람
산등성이 넘어간 지 여러 날인데
금곡사 오르는 길 눈꽃 내린다

계곡물 콸콸 흘러가는 쟁계암 사이사이
쌀 씻는 소리

내 마음의 놋대접에
꽃 쌀을 담아 놓고
기도하는 산사의 봄

늙은 벚나무 몸을 휘감는

금곡사 범종 소리

_「금곡사에 내리는 눈꽃」 전문

금곡사 늙은 벗나무의 몸통, 거기 꽃잎들이 휘감기고 있다. 그건 바람 탓만이 아닐 것이다. 범종 소리가 스며들어 꽃잎들을 마구 떨구어내는 것으로 화자는 인식을 바꾸어놓기 때문이다. 봄날을 시샘하는 바람이 산등성을 넘어간 지 여러 날이 지났다. 하지만, 금곡사 오르는 길은 안타깝게 눈꽃들이 지고 있다. "계곡물 콸콸 흘러가는 쟁계암 사이"로 눈꽃들이 떨어지매 마치 "놋대접" 안의 "꽃 쌀"로도 보인다. 그건 봄을 기도하는 산사 앞에 차려진다. 시는 꽃잎 떨구는 벗나무 울창한 금곡사의 절 풍경이 곧 놋대접 안의 꽃 쌀로 전변되는바, 시인의 시적 미학, 그 한 극점을 통과하며 변환된 것이라 할 수 있다.

아버지는 소작료 바치러 갔고
어머니는 읍내 큰댁으로 보리쌀 얻으러 갔고
누나와 나는
살구나무 아래 돌멩이에 솥단지 걸어놓고
살구 꽃잎 듬뿍 넣고 밥을 지었지
속절없이 피어버린 삐비꽃
아궁이에 넣고 불 지피면

배는 칭얼대고 눈은 매워

밥물 같은 눈물을 흘리고

눈물 바가지 넣고 뜸을 들여

사금파리에 수북이 담아

얼쩡거리는 옆집 순희도 주고

꼬리 치는 강아지도 주고

남으면 풀잎에 비벼

빈 그릇 딸랑거리는 햇볕에 내놓았지

지금도 밥상 앞에서 무릎을 꿇지

내 살구나무 밥상 앞에서

_ 「살구나무 밥상」 전문

우리 시대는 사는 게 너무 가난했기에 소꿉놀이도
밥 짓기나 나물 무치는 것을 흉내를 낸 놀이가 많았
다. 이 시도 부모님이 소작료를 바치러 가고 보리쌀
을 꾸러 갔던 그야말로 힘들고 가난한 시절을 보내며
눈물 젖던 때의 이야기를 담고 있다. 누나와 함께 집
을 보며 소꿉놀이할 때, 고픈 배를 달래려 허황한 일
을 꾸민다. 그것은 마당 가 흐드러지게 핀 살구나무
꽃잎으로 밥을 차려 눈요기라도 배를 불려보는 일이
었다. 누나는 마치 쌀처럼 풍성한 "살구꽃잎"을 "듬뿍
넣고 밥"을 짓는다. 거기 물 대신 "눈물 바가지"를 붓
고 뜸을 들여 "사금파리" 그릇에 수북이 담아낸다. 그

렇게 해 "옆집 순희"에게도 주고, 꼬리치는 "강아지"에게도 덜어주면서 대리만족해 하던 에피소드이다. 그런 시절이 있기에, 화자는 지금도 "밥상 앞에서" 경건한 자세로 "무릎을 꿇"을 수 있다. 소꿉 시절 꽃잎으로 밥 짓던 기억이 되살아나기 때문이다. 오늘날은 쌀밥에 갖은 반찬을 곁들인 밥상이지만, 그 시절 누나와 함께 짓던 "살구나무 밥상"은 잊지 못한다. 시인은 옛 살구나무 밥상을 예로 들어 오늘의 풍성한 밥상을 풍자하고자 한다. 사실 밥상 앞에 앉으려는 사람은 누구나 힘을 얻기 마련이다. 가난한 시대에 오죽하면 소꿉놀이로 대리 만족을 했을까. 그때를 지나와 지금 넘칠 듯 풍요로운 먹거리 앞에 옛 긍휼을 그리워하는, 그 역설과 반성의 시학을 부렸다.

개구리는 눈망울도 보지 못했는데
매화꽃이 다가와 사진을 찍어달라 한다

꽃봉오리 살짝 열어젖히는 순간

신발 벗고 달려가다
겨울 뒷문에 걸려 넘어진

봄

철없다

_「우수 무렵」 전문

시가 포착한 계절은 이른 봄이다. 그리고 절후는 우수 다음 경칩이다. 경칩이 코 앞이지만 깨어나야 할 개구리는 눈두덩을 끔벅하는 기미조차 없다. 한데, 매화는 꽃망울을 터뜨려 성급히 사진을 찍어 달라 서두른다. 그가 꽃봉오리를 살짝 열어젖히는 순간, 마침 빠져나오는 척하다 뒷문에서 기다리던 매서운 추위가 매화를 걸고넘어진다. 참 철딱서니 없는 봄이란다. 이 시는 단순히 매화의 조급한 태도를 지적한 것 같지만, 그 중심은 '꽃샘'이란 주제를 담고 있다. 순리적인 계절의 급작한 되돌림, 이를 기회 삼아 매화를 시샘하고 꾸짖는 걸 상징하고 있다. 너절하게 이어질 수사를 과감히 잘라내어 작품의 완성도를 상한가에 이르게 한 작품이다.

뜰채를 들어 올릴 때마다
튀어 오르는 저 민물새우처럼

튀고 싶지 않은 생이 어디 있을까

팔팔 튀던 젊은 시절

126

눈가에 아롱거리게 하는

허공으로 튀어 오르는

저 힘 어디에서 오는 걸까

허리를 굽혀 다랑논 물꼬를

확, 트는 김 노인

_ 「튄다, 튼다」 전문

'튄다'는 젊은 시절을 상징하는 동사이다. 어디로 튈지 모르듯 저돌적이거나 막무가내를 일컬어 하는 말이기 때문이다. '튄다'로 칭해지던 말이 나이를 많이 먹으면 '튼다'로도 바뀔까. 화자는 그리 해석한다. 방향을 트는 것, 어떤 이와 함께 힘을 보태어 단단히 막힌 곳을 트는 일이 더러 생긴다. 혼자 힘으로 할 수 없기에 그렇다. 팔팔하던 젊은 시절엔 힘이 남아돌아 괜히 허공으로 헛발을 날려 보낼 때가 많았다. 그 힘이 이제 다랑치논 물꼬를 "확, 트는" 데까지로 왔다. '튄다'와 '튼다' 사이를 놓고 청년과 노인을 극명하게 대비시켜 놓고도 있다. 결국 젊은 시절의 통통 튀던 힘이, 이제 힘들게 논의 물꼬라도 힘들여 "확, 트는" 일을 자랑스럽게 하는 그 억지부림처럼 밀려온 것이다. '튀다'와 '튼다'는 발전과 퇴보, 오르기와 비틀기로 가역可逆되는바 힘이 점차 달라짐을 묘사하고 있다. 하면, 이 또한 언어적 펀fun으로 표현 단수가 높다고 할 수 있다.

참호 속에 숨어 있던 게들이

일제히 튀어나와 바이올린을 켜고 있다

조개들 뻘밭에 너부러지고

갯골에는 총알 고둥의 피난 행렬

게 한 마리

절벽 같은 촉석루로 올라간다

저 게는?

논개, 논개라니까

몇 번을 되물어도

혀끝에서 묻어나는 의기가

행간의 역사를 읽는다

저 중 한 마리는

도요새에게 몸을 바쳐서라도

무리를 구할 것이다

_「논게」 전문

이 시는 논에서 서식하는 '논게'와 의기義妓인 '논
개'를 오버랩하여 언어적 펀linguistic fun의 풍자 시로,
그 다루는 수완이 돋보이는 작품이다. 첫 연 "참호 속

에 숨어 있던 게들이 튀어나와 바이올린을 켜고 있"는 장면으로부터 투쟁의 신호를 사뭇 암시적이고 집약적으로 제시한다. 게 잡기를 할 때는 "조개들 뻘밭에 너부러지고 갯골에는 총알 고둥의 피난 행렬"로 난풍세를 맞는 철이다. 이때, "게 한 마리 절벽 같은 촉석루로 올라"가면, '논게'가 "논개"로 몸 바꾸는 순간이 된다. '논게'와 '논개' 그 모음이 혀끝에 달리 묻어나 새로운 역사로 떠오르게 한다. 그래, 시의 종착적 반전 묘미가 따라붙는다. "저 중 한 마리는/도요새에게 몸을 바쳐서라도/무리를 구할 것"이라는 생각을 깃들게 하는데, 그게 '논개'인 양, '논게'가 벼 그루에 더 단단히 오르고 있다.

그의 작품은 농촌 풍광을 시적 소재로 즐겨 다루고 있되, 현대적 언어 감각으로 되돌려 놓고 있기에 낡은 시의 외투를 이미 벗어 던진 거나 다름없다.

저녁은 아직 강둑에 서 있다

빈 나룻배에 빗소리를 싣고 강 건너고 싶은데
갈댓잎 서걱대는 소리가 빗소리를 지우려 드는데
침묵이 고요가 강물 속으로 잠수하는데

팔순이 가까이 오는데

129

나, 아직

왼발 들고 중심 잡고

강둑에 서 있다

_ 「비 내리는 강가에서」 전문

비 내리는 강가 풍경을 묘사한 '자연적 양식'으로서
의 시이다. 인간과 자연 간 상호 연속되는 감정이 이입
되는 시이기도 하다. 이는 시적 대상으로서의 세계상
이 그대로 재현되는 작품이라 할 수 있다. 하지만, 구
성은 좀 색다르다. 화자는 "팔순이 가까이 오는데/나,
아직/왼발 들고 중심 잡고/강둑에 서" 있기에 건강하
다는 뜻을 전한다. 대상을 구체적·사실적으로 드러내
며[1] 마치 시인 자신이 그 대상인 것처럼 묘사해 보인
다. 즉 대상 '자체의 화자화話者化'를 꾀하고 있다. 자연
적 양식으로서의 시, 대상의 자체 묘사로서의 시에 관
한 이론을 밝힌 사람은 문학 공간적 원리를 연구한 예
술가 보링거Wilhelm Woringer란 학자이다. 그에 의하
면 같은 시대라도 지역에 따라 예술 양식이 다르게 표
현되는데, 그것은 자연적 대상에의 인식 태도가 서로
다르기 때문이라는 것이다.[2] 김동신 시인이 설정한 대
상 자체의 화자화는 돋보임은 물론 여타 시와 차별화
되었다는 느낌이다. 그건 요즘 상투적 화자를 등장시

키는 갑남을녀 시인들과는 다르다는 이야기로, 체험적
혜안의 화자를 설정하고 있음을 보이는 때문이다.

벌레 먹고 뒤틀어진
나무들이 늙어간다

벽에 낡은 가지를 걸치고
그 옆 나무도 가지를 포개
서로를 의지하고 있다

바람이 불면
구멍에서 새어 나오는
민물고기 비린내

액자에 박제된 매미는
냄새에 취해
이빨 빠진 소리로 투덜댄다

이마에 주름이라도 잡을 수 있다면
나무는 부러진 가지에

---

1) 오세영, 『문학연구 방법론』, 이우출판사, 1988. 62쪽 참조.
2) 어문각 편, 『문학개론』 —서정주 편, 어문각, 1972. 140쪽 요약 인용.

매미 허물이라도 한 벌 걸치고 싶겠다

_ 「옴천 노인정」 전문

세월의 풍화로 낡고 비틀어진 '옴천 노인정'을 안타깝게 바라본 시이지만, 예사롭게 처리한 시가 아니다. 노인정 벽에는 박제된 매미가 액자에 담겨 오래 게시된바 이 노인정과 함께 쇠락해가는 풍경을 말해주고 있다. 그러나 정작 이미지는 움직이는 실체로써 구사된다. 그게 "구멍에서 새어 나오는/민물고기 비린내"랄지, "액자에 박제된 매미는/냄새에 취해/이빨 빠진 소리로 투덜댄다"라는 구절이다. 화자는 노인정 앞 부러진 나뭇가지에 매미 허물이라도 걸치려는 의중을 표한다. 그곳엔 덩실한 나무가 있고 매미가 있었듯 시원한 지난날을 그리워한다. 지금은 안타깝게도 노인들도 매미도 반겨줄 무성한 나뭇가지도 없는 현실이다. 그래 오죽하면 나뭇가지가 다 매미 허물이라도 걸치기를 바랄까. 끼쳐 드는 그 아쉬움을 위해 독자의 마음을 비워놓게 하는 시가 아닐까 한다.

배는 흰 도복으로 감추고 목은 검은 깃털로 둘러메고
태권도장에서 공중제비로 날아다녔습니다

날갯짓 하던 어린 제비들에게

치기만 잘하면 남을 해코지한다고
사나운 바람이 검은 뿔 들이대고 달려들어도
몸통 막기로 금방 물리칠 수 있다며

막기 품새만 주야장천 가르치던 관장님

내 마음의 급소를 만지면 남쪽 하늘 끝에서
얼굴 옆막기 품새로 관장님이
제비처럼 날아옵니다

_「관장님은 제비처럼」 전문

　그의 집안은 태권도 가계家系다. 시는 태권도 가족
을 일군 과정과 그가 지도하는 권법의 품새와 내력을
소개한다. 즉 "흰 도복"의 배와 "검은 깃털로 둘러멘"
목을 하고 제자들에게 강조해 마지 않는다. 자칫 "치
기만 잘하면 남을 해코지"하기 쉽다는 것, 그래서 상
대가 "달려들어도 몸통 막기"로 우선 해야 한다는 논
리이다. 이렇듯 "막기 품새" 위주의 도법을 강조하는
것은, 지도자로써의 그 덕이 깊다는 사실을 알 게 해
준다. 그는 오늘도 "태권도장"을 "공중제비"처럼 "날
아다니는" 신나는 직업을 가진 쾌남아이다.

이상에서 김동신의 시가 향토적 정서, 그리고 강진의 풍광과 미감美感을 바탕으로 쓴 특별한 작품임을 살펴보았다. 한마디로, 그는 설익은 채로 쓰는 시인이 아니다. 높은 수준의 언어충돌, 언어적 펀fun, 그리고 거기 풍자성을 가미해 사유의 폭을 넓혀간다는 걸 확인할 수 있었다.

1925년 프랑스의 폴 발레리는 '순수시 운동'을 전개했는바, 말의 효용에 대해 대저 두 가지를 전제했다. 그것은 의미를 전하는 작용, 그리고 감동을 주는 작용을 든 게 그것이다. 모름지기 시란 감동을 주는 작용에 더 실려 있어야 함[3]을 그는 주장했다.

향토적 소재를 씀에 향토의 이야기 자체가 주는 감동도 있겠지만, 시인만의 자기 서사가 미적 감각과 아우러질 때 그 효과는 더 커지리라 여긴다. 해서, 앞으로 개성적 서사를 발굴해 미각을 올릴 바를 기대한다. 시집 상재를 축하하고 건필하시기를 기원한다.

---

3) 어문각, 앞의 책, 140~141쪽 참조.

다인숲시선 04

살구나무 밥상

—

초판 1쇄 인쇄   2024년 8월 30일
초판 1쇄 발행   2024년 9월 15일

—

지은이   김동신
펴낸이   임성규
펴낸곳   다인숲

—

출판등록   2023년 3월 13일 제2023-000003호
주   소   62357 광주광역시 광산구 월곡산정로 20-49 101동 106호
전자우편   a-dream-book@naver.com

—

*책 가격은 뒤표지에 표시되어 있습니다.
*지은이와 협의에 의해 인지는 생략합니다.
*잘못된 책은 교환해 드립니다.

—

ISBN 979-11-988967-0-4 03810